공동 시집
내 슬픈 삶에 푸념 같은 시 하나

공동 시집

내 슬픈 삶에 푸념 같은 시 하나

민애경 외

개미

　세계보건기구(WHO)가 신종 코로나바이러스 감염증 (COVID-19 · 코로나19)에 대한 '팬데믹(세계적 대유행)'의 선언이 있었다. '팬'은 '모두'를 '데믹'은 '사람'을 뜻한다. 모든 사람이 전염된다는 뜻이다.

　사회와 경제적 타격은 물론 단순히 공중보건의 위기가 아니라 모든 분야에 영향을 미치는 위기라는 의미 속에서 '문학의 역할은 무엇인가?'라고 되묻고 싶었다. 공동체는 모든 부문과 개인이 싸움에 참여해야 한다는 것을 독려하고 있었다.

　금번 사업은 새로운 역사를 쓰는 민 · 관의 '콜라보레이션'이다. 이는 전국에 '장애인 창작활동'을 지원하는 공적프로그램을 통해서 확인할 수 있다. 특히 다른 광역 지자체 문화재단에서 '장애인 창작활동 지원'을 실행하는 경우가 별로 없음에도 불구하고 대전광역시와 대전문화재단의 지원은 '지속성을 담보한다'는 거시적 측면에서 타시도 문화재단을 선도하는 모습을 보여주고 있다.

또한, 2014~2020년 현재에 이르기까지 '세종도서문학나눔우수도서'에 6종의 작품집이 선정되었고, 70종 76,000권에 이르는 장정에 이르기까지 130여 명의 중증 장애인 작가를 발굴하였다는 족적을 남겼다.

그 사이에 2016년~2020년 현재까지 장애인문학의 '융ㆍ복합 콘텐츠 제작'을 통하여 작곡과 연극(시극), 시노래, 시무용, 앙상블, 오케스트라, 국악가요, 대중가요, 가곡, 연극 음악 등의 콘텐츠로 제작 초연을 통해서 팬데믹 사회에 '비대면 양방향 콘텐츠'를 선도할 수 있는 선도적 확장도 이루었다.

전문예술단체 〈장애인인식개선오늘〉의 이러한 노력은 지방문화의 우수성을 타시도를 넘나들 수 있고, 새로운 모델을 구축하여 불온한 사회적 거리두기를 콘텐츠로 극복할 수 있다는 가능성을 보여주었다. 더 큰 사례로 BTX(방탄소년단)를 보면, 문화와 예술이 인종차별을 극복하고 우리 국민의 뛰어난 창조적 능력이 세계적 팬데믹을 일으킬 수 있다는 것을 여실히 보여주었다.

오늘, 15년의 살아온 날수만큼의 족적이 새로이 살아
갈 날수만큼의 커다란 역사, 즉 '장애인문학'이라는 새
로운 여정을 밝히는 '발화점'이 되기를 바란다.

2020년 12월
전문예술단체 〈장애인인식개선오늘〉
대표 박재홍

해를 거듭할수록 작품의 출품 수가 늘고 있으며 선택의 고민도 늘어가고 있다는 것에 대해 심사위원 모두는 동의하고 있었다. '장애인문학'의 새로운 가능성의 발견과 '소수'의 지역 원로의 작품 투고로 작품의 '격(格)'또한 상승되고 있음을 발견할 수 있었다. 결국 장애인과 비장애인의 간격이 좁아지고 있으며 문학을 통해 용융되고 있음을 말한다.

2020년 대한민국장애인창작집 발간 사업은 개인이나 공동 작품집의 개별성보다는 공동체 사회에 대한 따뜻한 시선이 담겨 있어서 돋보였다. 특히 개인창작에 선정된 작가들은 객관적으로 검증받은 작가들의 작품이 다수 보여 장애인창작활동의 지원을 통해서 확보된 미래가 밝다는 사실을 다시 한 번 확인했다. 공동 작품집의 작품 중에는 앞으로 개인창작에 투고해도 좋을 만큼 승산이 보이는 작품도 다수 보이는 등 오랜기간 동안 스스로의

'장애'를 극복한 면이 돋보이는 작가들이 선정되었다는 점에서 큰 성과라 하겠다.

앞으로 안정적 기반의 재정과 장애인문학은 물론 청소년문학에도 관심을 가져서 이에 문학상을 제정해 지방문화창달에 기여하고 시민들과 향유할 수 있는 기회가 되길 바람이다.

— 심사위원 일동

공동 시집 _ 내 슬픈 삶에 푸념 같은 시 하나

차례

6부
채지숙

1부
민애경

살기도 힘든데 말하기도 힘든 이유

　나는 '장애'를 챙피해했다 아버지도 손님에게 의례히
오빠와 동생만을 인사시켰다
　다른 나라는 복지정책이 잘 되어 있다고는 하지만 가
보지 않아 그 실체를 모른다

　사람들은 너의 자격지심이라고 말하고, 너의 더딘 말
소리 때문에 오해를 한 것이라고 얘기를 했지만 그로부
터 나는 입을 열지 않았고, 제대로 말을 건네어 본 적이
없었다

부모의 마음을 가늠하는 자식의 마음

오십이 되어가는 나를 부모님 눈에는 아직도 애인가 보다. 허리를 삐끗해서 움직이는 것을 힘들어하는 중에 수런거리며 한숨을 쉬시는데, 전에 몸만 성하면 고아(孤兒)여도 좋다고 했던 생각의 발걸음을 돌이켰다.

서성이는 마음

주위에 사람이 많아도 마음을 둘 곳이 없다는 것은
정말 거짓 없이 건넬 말할 곳이 없다는 것이다

포장한 이야기들을 남김없이 벗기고 오롯하게
보여주지 못한 것이 '마음 둘 곳 없어서 그랬다'는
것을 알게 되었다

갈피를 못잡는 마음

단번에 알아볼 수 있는 특별한 재주가 있었으면 좋겠다. 요즘 거리의 풍경이 마스크는 모든 사람들의 필수품이 되고 어쩌다 마스크를 안 쓴 사람을 보면 인상을 찌푸리게 되는 현실이 너무 슬프다. 옛날 임금님 그림처럼 용안(龍顏)이 없는 세상이 된 것 같다.

첫사랑

소나기가 갑자기 찾아오는 사랑을 이야기하듯이 말했
다

결혼

해도 후회 안 해도 후회라고들 하는데 난 다행이라고
생각을 했지
힘들 때도 있지만 혼자가 아니라는 사실만으로도 난
결혼이 좋았다

자존감이 여린 새싹 같을 때 나는 용기를 내어 선택했
었지

올해도 인연을 떠나 보냈다

올해도 인연을 떠나 보냈어 끝까지 가면 좋겠다고 생
각한 인연이었는데, 그것은 내 뜻대로 되지 않는 것임을
인정했지 금강경 구절처럼 전에 인연을 다하는데 책임을
내게 있다 생각을 했지만 지금은 잘 모르겠다가 답이야

역사

너를 품에 안으면
나는 너로 가득 찬다
이질적인 너의 혀는
나의 입 속을 헤집고
어느덧 나는 너로 가득 찬다
그래
내가 너를 안은 게 아니라 네가 나를 품었구나

모정에서

모정에서 정답게 뛰놀던 꼬맹이 시절

어릴 때에는 꼬마 친구도 많이 있었는데 지금은 남이 되어 소식이 없다

한때는 결혼한 후의 행복한 가정생활을 꿈꿀 때도 있었다

어린 시절 양이 따먹기, 딱지 따먹기, 팽이치기, 구슬 따먹기하던 어린 시절이 그립기만 하다

모정에서 고무신에 모래를 가득 집어넣어 소꿉장난을 했던 그 어린 시절이 그립다

그때 같이 놀던 여자아이는 지금 무엇을 하고 있을까

지금은 세월에 풍화된 부서진 모정에서 내 어린 시절 뛰놀던 어린 시절을 추억해본다

나에게 하늘이 40년을 빌려준다면 어린 시절로 돌아가 친구들과 놀고 싶다

실제로 돌아갈 수는 없지만 눈을 감으면 그때 시절이 새록새록 생각난다

여행

점심때마다 봉고차를 타고
군산 시내를 한 바퀴 여행한다
빈 식당으로 들어 서면
아이들의 흔적이 잔영처럼 남아있다
재잘대는 잔영을
음식과 섞이지 않게 잘 나누어서 싣는다
여기는 돈가스
여기는 미역국
여기는 갈비
한 바퀴 돌고 돌아가는 차 안은
아이들 냄새와
음식 냄새로
가득 차 있다

바다와 추억

네가 있어 소중했던 시간
그 시간을 접어 바다에 띄운다

잘 가라
미래를 꿈꾸던 날들
잘 가라
너무 아픈 나날들

파도야 묻어다오
나의 추억들

내 슬픈 삶에 푸념 같은 시 하나

바람이 속삭인다
시간이 흐르고 있다고
시간이 속삭인다
인생은 그리 길지 않는다고
인생은 속삭인다
너는 지금 행복하냐고
아무 말도 못하고
그저 뜨거워지는 눈을 감아버린다
빗물이 속삭인다
세월이 흐르고 있다고
세월이 속삭인다
내 삶이 버거워 보인다고
내 삶이 속삭인다
너는 왜 그렇게 사냐고
아무 말도 못하고
그저 빗속으로 얼굴을 숨긴다

꽃

햇살 밝은 낮이나
달빛 어스름한 밤에도

꽃은
늘 웃는 모습이다

찬이슬 내리고
비바람 몰아쳐도

꽃은 쉽사리
웃음 거두지 않는다

여린 살을 파고드는
사람들의 모진 손길에도

다소곳이
환한 미소를 지을 뿐

그리운 일상

늦게 퇴근을 하고 집으로 돌아오는
매번 지나던 길이
유난히 낯설다
새끼손가락만큼 열린 차창 사이로
굴절된 바깥세상의 불빛

사람들
다들 어디로 갔는지
발자국 몇 개만 남아있고
다들 어디 갔는지 보이지 않는다

그립다. 그대가
기약이라도 있으면 편하련만
그것조차 없는
막막한 그리움이여

나의 봄

나에게 봄은 사랑의 계절이다
사랑은 문지기다
밤이면 밤마다 사랑의 소리
낮이면 낮마다 사랑의 소리

봄이면 벚꽃 축제가 있다
떨어지는 벚꽃에 눈물이 앞을 가린다

봄은 여행의 계절이다
매달 한 번씩 야외수업을 간다

전에도 그러하였듯이 사랑의 계절에
사진 한번 찍었으면 좋겠다

여행

여행은 즐기는 비명
특히 사진 찍을 때 좋았다
개나리 구경하고 동백꽃 구경할 때
내 마음은 한없이 좋았다
사진 찍으면서 늘 좋아하는 것이 있다
그것은 사진기로 사진 찍어주는 사람
여행 다니면서 제일 좋은 여행은 기차다
덜그덕 덜그덕 소리 내며 기관차의 바퀴 돌아가는 소
리와
철로 지나가는 소리, 그게 여행의 노래이다

김밥

참 맛있는 김밥
노란 선생님하고 꼬맹이 시절로 되돌아가자
장난감 갖고 같이 노는 철없는 시절

지금도 어릴 적 수행여행을 간 날이 기억이 난다
맛있는 김밥, 소시지, 빵, 과자, 과일 참 맛있는 소풍이
다

초등학교 때는 먹는 재미로 소풍을 갔다
손수 만들어주신 어머님의 김밥
어머님이 손수 싸 주신 정성과 먹는 재미로
난 소풍을 갔다

나의 힘

푸른 물감처럼 번져오는
그 사랑 앞에
두 손을 모아 기도하며
더운 여름이 끝나고
겨울에는 찬바람이 불어오면
찬바람을 막아 주는
사랑의 아내가 되고 싶어요

나의 남편

당신이 제일 좋아요
함께 있으면 좋은 사람
바로 당신,

내가 아팠을 때 당신이
내 마음을 알아주니…
다른 남자 같으면 벌써
헤어지자고 했을 거예요

내가 행여 넘어질까
염려되어 위험하다고…

뜨거운 물도 당신이
끓여주고 살림도
다 알아서 하니까

여자가 해야 하는 일을
남편이 해주니

부끄럽고
고마워요

여보, 하늘 땅만큼 사랑해요

별

하늘의 별을 보며
조용히 당신을 사랑하고 싶습니다

밤하늘에 별을 보니
당신이 떠올랐습니다

당신을 힘들게 하거나
내가 못해준 것이 있으며
말해 보셔요

나는 또 하나의 별로서
당신이 힘들 때에는 옆에서 같이 위로해주고
당신이 기쁠 때에는 함께 기뻐하고 싶어요

당신도 나에게,
어두운 밤을 환하게 비추는 별처럼
내 마음을 다 알아주는
아름다운 별이 되어 주기를…

운명

괴롭고 슬퍼도 살아야 해요
비 오는 날이나
바람 부는 날이나
언제나 함께 해요

내가 외로운 가슴 한쪽에 핀
당신의 꽃을 안고
참고 살아가고 있는지 모르지요

두 손을 꼭 잡고
두 발을 나란히 걸으며
당신의 꿈과 희망이 되겠지요

죽는 그 순간까지
나 당신만을 사랑하며
살아가는 것이 나의 운명이겠지요

행복

세상은 아름답습니다
보석 같은 당신은
내 마음을 아름답게도 하고
뜨겁게도 합니다

가난하지만 춥지 않습니다
'나는 이미 부자입니다'
라고 말을 해줍니다

때론 파도처럼 몰려오다가
때론 고요한 호수 같은
이 세상 더한 행복은 없습니다

가을 길

해망동에 가면
생선 냄새가 난다
월명공원으로 가면
꼭 옛날 산소가 생각이 난다

옛날 친구가 떠오른다
눈물을 참고
해망동 월명공원으로 가면
나도 모르게 눈물이 흐른다

손수건을 가지고
다닐 걸

내 얼굴의 점

지난 세월에는 내 얼굴에
점이 많이 있는 것이
부끄러웠으나 지금은 점이
자랑스럽습니다

늙어서 노망이나
나를 찾으려면 내 얼굴의 점이라도
있어야 찾기가 쉽기 때문이죠

그래서 저는 점이 얼굴에 있는 것을
복이라고 생각하고 있어요

하늘새

나는
눈을 감으면
하늘새가 되어

하늘 땅
푸른 들
날아다니며
하늘노래 부르리

나는
눈을 감으면
하늘새가 되리라

그리운 친구

고향 산등성을 넘을 때
나는 돌아보지 않았지

햇살이 따갑게
내 뒷덜미를 쪼아댔지만
상관하지 않았네

너는 내가 울면서
걷고 있는 것을 알았지

이제 하늘 높고
코스모스 한들거리는데
너 어디 갔을까?

강물에 대고
네 이름을 부른다

함께 걷고 싶구나

저 강둑 너와 두 손을 잡고
나부끼는 갈밭길을

봄 나비

계절이 오면
봄부터 찾아오는데
봄에 꽃이 피기 시작하면 나비들이 아이들처럼
예쁘게도 날아다닌다는 생각이 든다
세월이 지나가면
노랑나비, 빨강나비, 파랑나비
노랑나비도 아이들처럼 응애응애 하면
안 울 것 같다는 생각이 든다

행복

오늘은 행복하다
갑자기 봄이 왔다
청춘도 지나가 만년 인생에
행복의 봄이 왔다

모든 근심 버리고 봄나들이 가자
행복이랑 멀리 있는 게 아니고
우리들 마음속에 있다

지금이 행복하다면
무엇을 더 바라리오

오늘도 난 아지랑이가 봄에 피어오르듯이
이날도 저 날도 모두가 행복했으면 좋겠다
모두가 행복하길…

마음

마음을 잘 모르겠다
내가 원하는 마음은
이게 아니었어

참마음은 이웃을 따뜻하고
아름답게 포용하고
생각과 마음이 성실한 것인데

나는 마음을 좋게 먹어야지
그리하면 마음이 꿈을 이룰거야

나는 행복한 인생을 살았고
죽어도 여한이 없다

우리 모두 아름다운 마음을 가져보자
저 예수 그리스도처럼
하늘은 무심치 않으리

왔다, 왔어

왔다, 왔어, 봄이 왔다
진달래 개나리가 활짝 핀다
목련도 피고 벚꽃도 활짝 핀다

이제 나도 겨울옷을 벗고
봄옷으로 갈아입는다
모두가 꽃 광장으로 가보자
그곳에서 가족 모두가
행복하게 대화를 나눠보자

인생

어려서부터 내가 있다는 것이 좋다
어느덧 세월이 흘러 나이가 쉰여덟

내 눈아, 고맙다
내 눈은 아름답고 깨끗한 사물만 보았다

고맙다, 내 다리야
지금까지 바른길만 걷게 해주어서

고맙다. 내 손아
지금까지 일을 해주어서

고맙다. 내 머리야
지금까지 좋은 기억들만 기억해주어서

내 몸아, 고맙다
지금까지 행복하게 해주어서

고맙다 나의 눈, 다리, 손, 머리, 몸까지 다 사랑한다
영원히 지켜줘 행복하게

가을 캠프

여름이 가고 선선한 바람이 부는 가을이다
이 가을날 우리는 잔치를 한다
재덕이도 지숙이도 모두 모였다
더불어 소장님, 선생님 모두 모였다

오늘은 우리 모두의 휴식이며 잔칫날이다
나는 가진 것은 없지만 마음은 최고의 부자이다

행복이란 멀리 있는 것이 아니고 나의 마음속에 있다
이 가을날 멋지고 모두 웃으며 가는 좋은 하루가 되었
으면,
그리고 들꽃 같은 마음으로 행복하였으면 좋겠다

대가족

할아버지, 아버지, 어머니 형님 셋
그리고 동생 셋 나는 칠 형제 중 넷째,
할아버지, 아버지, 둘째 형님 세상을 떠났다
추석이 다가온다. 형제 모두가 결혼을 해서
조카만 16명, 명절이면 집으로 다 모인다
제수씨 3명, 형수님 3명, 어머님 1명, 손자 3명
그리고 나
다 모이면 27명, 방 세 개가 꽉 찬다
항상 그렇듯이 이번 추석도 기대된다
지금까지 나를 사랑해주는 가족이 있어 행복하다

상상

난 이런 상상을 한다
멋진 여자를 만나
아들을 낳고
아들은 왕이 되어 하늘을 다스리고
나쁜 무리들을 물리치고
행복하게 아름다운 삶을 살아가는 상상,

하나님 나라에 들어가서
예수님과 왕 노릇 하면서
아주 나쁜 놈들을 심판하고
벌을 주는 상상을 한다

나의 시

나의 시는 짧다
그래서 행복하다
아무리 무더워도
나의 마음은 시원하다
에어컨이 아니라
선풍기가 아니라
바람이 불어서다
올여름 제일 좋은 선운산 관광
행복했다
마음은 하늘을 난다
기가 막힌 올여름, 기대가 크다
내일은 더 기가 막히겠지
왜냐하면
당신이 있으니까
그리고
내가 있으므로…

여름과 가을

올여름 너무 더웠습니다
하지만 가을이 다가옵니다
꿈이 있습니다. 수확의 결실
결국은 여름이 가고 가을이 왔습니다
이 가을, 행복이 있습니다
고생 끝에 복이 온다고 이 가을
당신의 품에 안기고 싶습니다
당신이 젊어서부터 지금까지
나를 돌봐 주었습니다
사랑해 주셨습니다
그저 꽃처럼 아름답게 길러주셨습니다
이 늦은 엶, 마음은 하늘을 날고 있습니다
아무리 힘들어도 초심을 잊지 않고
꿋꿋하게 여름을 보내고 가을을 기다립니다

거북이 같은 친구

오늘 같이 추운 날에는
바다를 한번 보다
저기 기어가는 바다거북이 나에게 말한다
'니가 나보다 어린 게지?'
'작년보다 추워졌네?'
'어디 다녀오는 거냐?'
1년 만에 온 바다거북은
나에게 참 궁금한 게 많아
자꾸만 물어본다
'작년에 있는 친구는 어디에 갔나요?'
나도 궁금해서 물어본다
거북은 말이 없다
돌아간다
거북이가 바다로 돌아간다

※이 글의 의미는 2014년 12월 5일 하늘나라로 먼저 간 희망의
   쉼터 회원이었던 故 전충민의 명복을 빌면서 쓴 시입니다.

5부
이재덕

민들레

천사가
실수로 떨어뜨린
홀씨 하나
봄바람에
노오란 병아리 종종대는
민들레 한 송이

들국화

들국화는

대명시장 뒷골목 튀밥집처럼
나를 반겨주는 것만 같습니다

나에게
들국화는
가장 아름답고
사랑스러운 꽃입니다

시간

탄생과 소멸의 강
시간
그 강에서 내가 나고
그 강에서 아버지는 갔다
나는 그저
마른 강바닥을 걷는다
그 강에 빠져 허우적인다

봄

다시 시작되는 몸살
그리움 하나
강변
초록빛 물빛
그 무리 하나
시린 가슴으로 바람 부는 봄

낙엽

나뭇잎들이 떨어집니다
내 생각과 같이

갈팡질팡
하늘에 낙서를 합니다

내가 여기 왔다 갔다고
흔적도 없는 무늬를 냅니다

부요함

부유한 사람이 있습니다
우리도 부유한 생활을 하고 싶지만
물질적으로 부유하지 않습니다

그러나 우리는
어려운 역경 속에서 서로서로 도와주며
행복한 생활을 합니다

물질적으로 부유하지는 않지만
마음은 부유합니다

봄의 향기

파릇파릇 새싹이 돋아나고
아롱아롱하는 기운이 나오고
아름다운 계절입니다

봄의 향기가 물씬 풍기는
봄소식을 알려주는 것 같아요
정말로 아름다운 것 같군요

봄기운이
얼굴을 스쳐 지나가는 것이
봄의 냄새가 나는 것만 같아요

교회

교회를 안 나갔습니다
대신 집에 있어요
이곳은 가장 익숙한 곳이면서
가장 심심한 곳
뉴스가 설교를 대신하네요
어느 지역 몇 명 추가 확진
어느 사람 동선 이쪽저쪽
모이지 말지어다 마스크 쓸지어다
지루한 설교를 듣다보니 지루해져서
뉴스를 껐습니다
대신 성경을 폈습니다
그저 사랑하고 사랑하라
대단한 인간이기에 어렵게만 여겨지는
단순한 가르침을
조용히 묵상해봅니다

봄나들이

새싹들이 돋아나는 봄입니다
그 추운 계절은 지나가고
진달래가 피는 계절이 다가온 것 같습니다
언제든지 봄의 향기가
향기롭게 피어나지요
아름다운 계절 봄입니다

내 고장

우리 고장은 아름다운 색이 만발합니다
예쁜 꽃이 아름답게 피었습니다

자연의 모습이 아름답도록 장식되어 있습니다
우리 고장은 여러 가지 색깔이 있습니다

조상들이 물거품처럼 생각하면
더욱 향기롭고 예쁘게
단장된 꽃이 피었습니다

사람

너는 사람이 왜 태어났는지 아니?
— 아니, 잘 몰라
사람은 서로 사랑하라고 태어난 거야
사람은 서로의 아픔을 감싸주라고 태어난 거야

손톱

손톱을 깎자
소리 들어 몸부림친다
짤깍짤깍

오른손 왼손에
피아노 소리처럼
도레미 도레미…

환청처럼 들린다
다시 환청이 시작되었다

낯선 곳으로

낯선 곳으로 가자
오늘 하루만이라도 좋다
아무런 말하지 말고

오늘은 매일 가던 곳으로 가지
않으련다
늘 마주치며 인사하던 것들과
일상에서
잠시 외면하련다

참 많이 살았구나

보지 못했던 것들
잊혀진 유년들이 다시 살아오고
가지 못한 길들을 생각하며
잠시 눈감으련다

가슴 열고 만난 일들이

〈

몇이나 될까
가슴에 독주를 묻지 않고 살아온 날이
얼마나 될까마는

잊었구나

이 밤이 개면 낯선 곳으로 다시
떠나고 익숙한 곳으로 다시 돌아오는
나는 하루 동안에 철새

햇살

그날
난 울고 있었으리라

하이얀 제복을 입은
간호사들이
환영처럼 움직이는 병실
모퉁이
나는 쪼그리고 앉아
누군가와 이야기하며
낄낄거렸다

간호사가 다가와
심각한 모습으로 바라보았다

더위를 이기자

더위를 이긴다
그러나 나 자신을 이겨야 한다
세상을 이긴다
사람들은 더위가 싫다고 도망갔다

나도
사람들이 떠나간
그곳으로
걸음을 옮긴다
혼자서

그곳은

그곳의 날씨는 어떠한가
추위에 떠는 그들에겐
아무도 물어보는 이가 없다

따스한 봄날이 오니
이제 그들이 날씨 때문에
고생할 일이 없어서 좋다

해바라기

그리운 언덕
태양을 바라보는 해바라기
태양이
구심점이 아닐 수도 있다면
그는 삶의 의구를
잃어버릴 수도 있다

봄의 꽃

이제는 봄이다
이제는 시원하고 예쁜 꽃들도 많이 볼 수 있겠지
봄을 제일 좋아하는 친구가 많다
나도 봄이 좋다
우리 가족들은 봄을 제일 좋아한다
예쁜 꽃들도 많이 피겠지

나중에 그 꽃들이 자라면
나를 얼마나 좋아할까?
꽃은 나를 좋아하고
나는 꽃을 좋아하면 좋겠어요

복사꽃

입술 같은 연분홍 꽃잎
조심하랬건만,
살랑살랑
봄바람 불자
한순간에 화르르 무너져 내린
열여덟 가시나야
바닥까지 떨어져 보고도
그것이 그리도 그리워
부랄만 주렁주렁 달고 있느냐

벚꽃

어른이 되어
겨울이 끝날 즈음부터
뻥튀기 기계 앞에서 쪼그리고 앉아 기다리던 어릴 적
모습을 떠올리는 건 왜일까?

그건 아마
빈 자루에 한 강냉이를 가득 채우는 펑하던 그때의 바
람처럼 터질 듯 터질 듯 애간장을 태우며 부풀어 오르다
어느 날 갑자기 꽃 내리는 4월이 오기 때문일거다

어렸을 때 어머니와 시장으로 갈 때
버스 안에서 보는 벚꽃이 좋았다. 좀 더 자세히 보기
위해 차창을 열고 보니 그 하얀빛이 선명하여 더욱 좋았
다
내 망막을 열어젖히고 보는 벚꽃은 더 얼마나 좋을까?

3월이 가고 4월이 온다
왔으면 한 달 정도는 머무를 만도 한데

그 빛깔만큼이나 차가운 짧은 서슬 퍼런 흔적을
남긴 채 마법처럼 그렇게 사라져 가고 마는 것인가

2020 장애인 창작집 발간지원 사업 선정 작품집

내 슬픈 삶에 푸념 같은 시 하나

1쇄 발행일 | 2020년 12월 31일

지은이 | 민애경 외
펴낸이 | 정화숙
펴낸곳 | 개미

출판등록 | 제313-2001-61호 1992. 2. 18
주소 | (04175) 서울시 마포구 마포대로 12, B-103호(마포동, 한신빌딩)
전화 | (02)704-2546
팩스 | (02)714-2365
E-mail | lily12140@hanmail.net

ⓒ 민애경 외, 2020
ISBN 979-11-90168-26-7 03810

값 10,000원

주최 | 대한민국 장애인 창작집필실
주관 | 장애인인식개선오늘(고유번호 305-80-25363. 대표 박재홍)
심사 | 발간지원 사업 심사위원회
후원 | 대전광역시, 대전문화재단, 갤러리예향좋은친구들, 문학마당, 한국장애인
　　　문화네트워크, 드림장애인인권센터, 대전광역시버스사업운송조합, (주)맥
　　　키스컴퍼니, (주)삼진정밀

문의 | (042)826-6042